La vigilia de todas las islas

José Alejandro Peña

almava.net

La vigilia de todas las islas

Tercera edición

José Alejandro Peña

almava.net

a l m a v a . n e t

E-mail:
almavaeditores@gmail.com

I

Niveles de sospecha

La poca simpatía
          realiza la función
                    del grito
          y origina lo real
combinando levadura
          y prejuicio.
La realidad oscila ante aquello
que la impulsa
buscando una salida oblicua
suma de lo comprensible
                    y lo corriente.
La subversión se mide
con el pulgar y el índice
siempre al mediodía
y contrariando los niveles
          de sospecha
misticismo de los clavos
que se oxidan en la frente
                    del fantoche.

Los triles

Para unir los extremos
derribamos el puente
y quemamos los cimientos
        con la voz
        tan delgada
        del cuchillo
porque pesa la luz
más que las piedras.

Para pasar las trincheras
sin ser vistos
pegamos con el codo
al compañero muerto
que se ha quedado contemplando
las nubes sin color

porque hay una guitarra desangrándose
y un canto que la sigue adonde quiera.

Para jugar el juego del tantán
arriesgamos la garganta
        los pulgares
        y los triles.

Décuplo

La bruma se escapa del tintero
                  como un pájaro
y se esfuma siete veces la coraza
                  del guerrero.
A mí también
          a veces
la bruma me da grima
y las palabras turbias
            me cansan
            me marean.

Por eso ha de ser poca mi razón
y abundante mi locura
porque son circunstanciales
los budas y los trenes.

Lo esencial es comprender
y ya comprendo bastante.
Comprendo por ejemplo
que las proporciones son
        las proporciones
y que no se ha de temer
        a las variantes.

La gente desabrida

Comprendo la función del grito
y la poca simpatía que produce.
Es mejor ser arisco y cejijunto
que tolerar a los imbéciles.

Es mejor ser afable
                    alegre
            y compasivo
que cruel
            y desdeñoso.
Sin embargo
nunca somos lo que somos
ni sabemos absolutamente
                    nada.

Vivimos todo el tiempo pretendiendo
ser alguien o algo
para ser admirados por gente desabrida
                    vana
            o miserable.

Vivimos como dioses de algodón
presumiendo más blancura
        y menos peso.

La ratonera giratoria

Así no debe acomodarse
la metáfora anemófila
                              y viril
ni se ha de separar la lengua
                              de los dientes
ni calcular las excedencias
                              con piedritas.
Congela las palabras y repítelas
cien veces de modo que no duela
a nadie el adjetivo
                    el coito
                    la cerveza
o no sé qué estrambótico
                    mucílago.
Endulza tu café con tinta de calamar
o súbete al autobús tan sólo con la mente
o deja tu equipaje en el andamio
y vete caminando al fin del mundo.

Sea lo que sea estás jodido.

A nadie importa si eres tan brillante
                    como Shakespeare
o si eres una mierda paleolítica.
Escribe tu poema "verdadero"

con palabras verdaderas
y sagaces
sacúdete el estiércol
que las nubes depositan
                    sobre ti
mientras camina.

Primero el sustantivo y luego
              priorizar
              porque mañana
si caemos bien en cuenta
se resbala el exotismo

y aquí no valen los periódicos perplejos
ni los budas semi-calvos
ni los genios de vitrina
que transforman la ciudad
en ratonera giratoria.

Charada

Siempre que tengo tiempo
                    paseo por el mar.
Y a veces me quedo muy tranquilo
en este parque sucio
                    abandonado.
Tengo pocos amigos
y sé que moriré distante
con todas las riquezas
            que he logrado
            acumular:
un perro siberiano que ladra
                    a las palomas
una tortuga hermafrodita
            que cuenta mis latidos
una corneja disfrazada de arbusto
            o de charada
y las hojas secas que yo empujo
            con mis pies
            al caminar.

Día tras día

Entre bordadas luces clandestinas
un sistro bosquejado en parco alivio
un estornino echando en una zanja
a la tormenta y apaleando el cadáver
del tormento
mientras una corneja desgarra nuestra piel
con una pluma
y se deshila y daña la luz
todo lo que puede.
Esas luces locuaces se licúan
y secretan un transparente olor melódico
                    muy rojo
tan rojo y dividido como un tren de juguete
que va a descarrilar.

Yo sé de lo que hablo porque he vivido
entre la piedra y el lodo
y sé que las palabras no ayudan
a los hombres a resolver ningún problema
las palabras y las luces
arruinan demasiado
y si eres manso y crédulo
más hondo calará en tu frente
la flecha que te lanzan día tras día.

Legítima defensa

Voy en el tren de medianoche
ebrio y hechizado pensando
en la ciudad y en los muros que se alzan
frente a frente para aplastar a los hombres
mientras duermen.
Yo no duermo ni de noche ni de día
no por miedo a ser aplastado
por un enorme pie de bronce.
No duermo porque quiero ver el rostro
de quien quiere asesinarme:
muchos son los que se afanan
pero pocos los que cumplen su misión.
Si mi asesino falla
ya no podré confiarle nunca más
mi muerte
y tendré que actuar en mi defensa.
Invocaré a los dioses por si quieren
mediar en circunstancias sucedáneas:
el fuego y la arena sustituyen
mis ojos mientras duermo
mis palabras son desde muy antes
instrumento para el caos
como la nieve.

Tinta

Por defenderme de los otros
he sido condenado a vivir
                    entre ellos
cabecitas de corcho conservadas
              en alcohol
ebrias casi siempre de iracundia
se alienan y arrodillan
y penden de los hilos
como el guiñol del dedo hábil.
Por defender mi dignidad
he perdido la poca buena suerte
que jamás pude tener.
Por rozar mi endeble cuerpo
con hetairas en los puertos
aunque quiera no puedo
desprenderme de la luz
que mora en mí como el papel
que lucha con la mancha de tinta
hasta quedarse blanco
              y continuar.

El salto

Cuando digo luz
quiero decir sombra
y cuando digo sombra
se me aflojan las rodillas.
Miro frente a mí la estepa
desolada y tenebrosa
y sé que ya muy pronto
me rodearán los lobos.

Escucho viejos pasos t
ranscurrir en la noche
y por el día se amotinan
y me animan a seguir
en vía contraria.

Siempre que dicen noche
digo día
si dicen "nunca" digo "ya veremos".
Se encogen para dar el salto
y yo los miro saltar y me contengo.
Prefiero demorarme todo un siglo
            torpe
            ambivalente
a tomar atajos vergonzosos.

Como Nietzsche

Porque leyeron a Goethe y a Tolstoi
porque vivieron en un ghetto de París
                    de Nueva York
y repasaron el Ulises de James Joyce
                se enorgullecen.
Yo leo a Tolstoi de vez en cuando
y leo a Goethe sin inflarme.

Creen que son mejores personas
por haber leído la Biblia y el Corán.
Otros se creen budas
por haber cruzado las piernas
para verse las plantas de los pies
espantosamente fétidas.

Hablan como si escribieran
manuales filosóficos
y juran haber dormido
nueve horas bajo el agua
            como Nietzsche.

Como Nietzsche van con uniforme
a todas partes
juntando piedras en un cubo de metal
para que suenen.

II

Ergofobia del centauro

Porque decido estar inmóvil
        mirando a los lagartos escondidos
en las rejas oscilantes de los botes
que se pudren a la orilla del pañuelo
y decido pensar hondo
y quedarme varias noches
                sin cenar
porque prefiero sacar cera
                de mi oído
en lugar de abrir mis venas
con el filo de una tóxica cadencia
semejante a la ergofobia del centauro
me convida la ebriedad de mi decir
a no decir siquiera mentalmente
        una falacia.

Me revuelvo los cabellos con las manos
rebosantes de ceniza
        y espanto pensamientos
        que se aferran
        a deseos esfumados.

Tinta negra

Se enamoran de la tinta del semblante
y no de los percances del erizo
   que conservo respirando
   en un zapato.

Se enamoran de los ojos del dugongo
y de la duda mal formada
de las verjas de madera

de los rollos de papel higiénico
del oxido de un clavo
de la lluvia de un martes por la noche.

Se percatan de las ruedas
   del camión
   anclado en la autopista.

Se vacían los espejos
   de mis propias
   pesadillas

Esta noche

Si tú quieres esta noche
llévate mis huesos
y construye con ellos
un avión
que te lleve a donde quieras.

Si tú quieres esta noche
de relámpagos
arrójate del tren
o píntame los brazos
con un color barroco
entre naranja y gris
entre hormigas gigantescas
y caballos diminutos.

Los finales y las cumbres

Las frases demasiado limpias
no sirven para nada
y su perfume
ni siquiera
es arbitrario.
El aspecto y el color
son de mal gusto
y
además
como el amor
apestan
los finales
y las cumbres.

Al primer canto del gallo

Con el fémur de Hades
                        tristemente
muelen el maíz las mujeres
                        afásicas.

Sus muslos transparentes reflejan
el verdor de la selva embrujada
y las estatuas escuchan sin querer
lo que piensan los hombres
                        tardíamente.

La oscuridad desgasta
            nuestros rostros
y las luces
            los
            renuevan
                        al primer
                        canto
            del gallo.

La noche suburbana

Las mariposas nocturnas inundan
febrilmente
los techos acolchados
y las camas de hierro

dejan sus argollas de azúcar
en los vellos nacientes
de la muchacha encinta
que duerme junto a mí
con los pechos repletos
de miel clara.

Sus piernas se enroscan a las mías
y me espantan el sueño.

El calor de su cuerpo
retumba en las paredes.

Los rincones del sótano y mi alma
se llenan de humedad
cuando ladran los perros
y abandonan el sauce
los búhos solitarios.

La luna se esconde en un abrigo negro
y la gente va y viene sonando las bocinas
de sus coches antiguos.

En un instante majestuoso
su cuerpo se ha movido

para que yo pueda equilibrar
mi fuerza
y la fecunda persistencia
de sus poros abiertos
dejen pasar la noche
en caravana súbita.

Vemos llegar el alba
con su sermón de cabras
y sus torres invisibles.

Vemos la luz desmoronarse
ante mis cantos expatriados.

La luz muerta
ladra de noche
a los espejos.

Noche y día

El pájaro carpintero
con su pico plateado
taladra noche y día
los nervios del abedul
mientras el sol derrite
la nieve paralela de las altas
ventanas neoyorquinas.

Las ventanas son residuos
de plumas
y boñiga
de palomas
y son luces que remiendan
los huecos
de los muros
y maravillan
a los pobres
transeúntes anónimos
con la calcárea soledad
que las derriba.

Desde la ventana de mi habitación
observo la nieve que ha cubierto
clandestinamente
los hierros humillados
y las falsas pisadas
      sobre el falso suelo
      doblegando
      ya en vano

al abedul
indiferente.
El pájaro carpintero con su pico plateado
ha creado su casa en mitad del peligro
y allí vive
al margen de los lujos extraños
que invaden a los hombres
noche y día.

Por un despeñadero

Sin saber por qué
las gotas de lluvia
en la ventana
transforman a los muertos
en llama o caracol

transforman a los hombres
en fantasmas o en canicas.

El hombre vivo
                bruto
                cuerdo
                pálido
no comprende la luz.

Sin saber por qué
el sol penetra
en nuestro cuarto
embellece las paredes
y cura nuestro instinto
con sus dedos calcáreos
de ovocito.

Sin saber por qué
el hombre y la mujer
trabajan sin cesar
y luego se despiden
conduciendo sus carros
por un despeñadero.

Sin saber por qué
nos esforzamos en tapar los agujeros
que dan sentido a todo
y pasamos los días a la espera
de no se sabe qué.

La muerte
cuando toca su cítara encantada
no se acuerda del sol
ni de la noche.

Los burgueses

Los burgueses vienen
de los barrios burgos
comen hamburguesas
y se ponen muy rojos
cuando pisan baldosas
de granito
o se les brotan los ojos
y la piel se les vuelve
de culebra.

Los burgueses no son los que trafican
con la piel de los negros o esclavizan
        las aspas del avión
        y mascan vidrio helado
        en la farmacia.

Burgueses son los que cruzan las piernas
para hablar en los templos
y los que venden manzanas podridas
a los ángeles sin brazos.

Burgueses son los que no nadan
ni fuman
ni se enfadan con la nieve
ni se abrazan a sí mismos
en los parques.

Burgueses son los pequeños soldados
que arriesgan dos centavos
envenenando el agua

que venden a los pobres en botellas
de plástico.

Burgueses son la madre
y el padre
y los hijos de los buitres
y todos los que leen este poema
mientras fuman
dormidos en un vagón de tren.

Yo sé de la humildad de quienes vamos
un domingo a suicidarnos
en un tren
que va de Roma
a Florencia

y sé que los burgueses
de estas tierras tan negras
como un sapo
dibujan en los muros
      hipocampos
      cohetes
      estrellitas.

Leónidas el grande

Las mujeres se dejan seducir
por el brillo del arco la dureza
y firmeza de la flecha

se dejan seducir por el olor del agua
más que por el vino
saben que la tierra es fecundada
por la luz y no por la ceniza
de los alcotanes.

Las joyas de la clámide del rey
adornan las cabezas
de las muchachas dulces
que esperan en los ventanales
al villano de los cuentos
al de la piel curtida y escamada.

Yo soy el rey Leónidas
defensor y portador de la ambrosía
hoy rodará mi cabeza por los suelos
mas no por eso seré derrotado.

Las nubes son de vidrio
y se detienen a veces a pensar.

Yo como las nubes
llenaré las cañadas
de agua dulce
para que vivan
por siempre los anfibios.

Leónidas el turbio

Leónidas conversa con un anfibio azul
mientras la nieve desobediente y fría
produce dos tipos de olvido:
uno sofocante como las alas de un buitre
y otro tenue como tinta
que se rueda sobre el mantel
manchando sus colores
con el fresco olor del piano.
Su sonido es desértico y ambiguo.

La noche mide fuerzas
con Leónidas el turbio
indefensa solitaria
como la leche fresca.

La noche rebosa con la noche
iguales unicornios divididos
en horas de un minuto.

El minuto parte las horas
en veinte cabecitas de pescado.

La piedra al romperse deja escapar
de su interior
un párpado de arena
con mil patas peludas
que suenan como suenan
las puertas al cerrarse o al abrirse.

La reina

La reina dice dos palabras ambiguas.
Cada palabra es un secreto dulce
inofensivo como dos gotas de vino.
La reina mira por la ventana
de su cuarto
mira las flores del jardín marchitas.

Las muchachas
que la ayudan a vestirse
están desnudas esperando
para el baño
ante la rumorosa
alberca de cristal.

La reina dice dos palabras ambiguas
como dos gotas de vino
en la punta de la lengua
dando suavidad y contraste
al pensamiento.

La reina se peina
a la orilla de su cama.
De entre las ranuras
de los setos solos
salen espantadas
salamandras.

III

Desarraigo

Solamente los caníbales son puros.
Mi madre y mis hermanas
son caníbales.

Casi ya no tengo amigos
en este pueblo deslucido.
Se han mudado no sé adonde.

A veces me rodean fantasmas
y poetas de voz grave y monótona.
Ellos dicen que son desarraigados
como las dulces ubres de las cabras.

Yo los convido a un festín perpetuo
donde la carne cruda excita y enamora.

Una gota de vino por cada litro de sangre.
A eso llamo desarraigo.

Las aspas del molino

Cada vez que salgo a caminar
me sigue una tortuga
                    tan pequeña
que cabe en el bolsillo
de mi camisa blanca.

Cada vez que cierro las ventanas
en las noches de lluvia
siento que alguien está escondido
en un lugar secreto de la casa.

Salgo por la puerta del patio
                    a medianoche
y los perros me ladran
los grillos espantados
cubren mis sandalias

doy vuelta a la ciudad
en un tren de juguete
que se oxida en mi mano.

Tengo miedo a las aspas
oscuras del molino
miedo porque se inclinan
demasiado
y se pueden romper.

Los muertos

Me he sentado junto
a la chimenea con un libro
             de Faulkner.
Busco mi rostro en un espejo
y hablo dormido a las paredes
siento que mis ojos están fríos
             y grito
pero nadie escucha.
Solamente los muertos
carecen de bondad
y habitan debajo de una torre
         sin piel
y sin memoria.

Es demasiado triste hablarle al viento

Escribo este poema
            para ti
            que lo ignoras
El poema que escribo
            se hace luz
                        para ocultar
                                    su belleza.
Escribo este poema
            sin pensar
                        en nada.
El pensamiento estorba
            a las palabras
y las palabras sofocan
            a los hombres.
Es demasiado triste
hablarle al viento.

Canción del pedagogo darwinista

Hay una luz debajo
              de cada pipa rota
una luz natural de pedagogo síquico
      con peluquín de papa
                y huevo desprovisto
           de sustancia darviniana.
Las pipas son de obscena incertidumbre
como ciertas pantuflas creadas
          por la nieve.

El hombre ha presentido
                 en primavera
         una luz indiscreta
     como un piano.

Hay ansiedad y muerte
en la luz de los faroles.

Hay terquedad y duda
en los pañuelos blancos.

Hay trajes que cuelgan de las ramas
y calles tan angostas que se caen
al tropezar con el ínclito cadáver
          de Calígula
y muchachas tan bellas
        que ni existen.

Melibea

Las páginas de un libro
son como una casa sola
con balcones tan altos
como nubes.

Quisiéramos entrar
pero dudamos.

Cedemos nuestras pesadillas
a la noche que empieza.

Una mujer asoma a su balcón
vestida solamente con su desnudez
algo confusa.

Yo
invisible
       y oscuro
             y solitario
doy saltos de alegría
      sin saber por qué.

Ella se arroja del balcón
desesperada
      y muere.

A las plumas del ganso

Eso que se presiente en el diluvio
de las formas como un tren incendiado
no lo llames presagio
   ni alboroto
   ni espuma.
Es una luz muy débil
que toca mansamente
el hombro de la mujer amada
con mis dedos de carbúnculo.

Eso que se escapa de la voz
   de la memoria
   del silencio
no lo llames contorno
   ni agonía.

No llames a la piedra
   "cauce"
   ni al pantano
   "sombra"
   ni al cansancio
   "torso
   de girasol."

Llama si quieres al pavor
"luna de cuarzo"
a las plumas del ganso
llámalas "glacial pantera"
"carcajada."

Una cabeza de sierpe

Lenta prisa cerrada
ensimismada
la ventana o el muro que fue un ala
una pluma en el polvo
abriendo hacia los corderitos
que se esfuman en lo negro.

La cruel invención de la belleza
y la doble envoltura de las pieles
adormecidas por el roce profundo
      del tajamar persisten
      se aceleran
      y quedan luego
               al margen.

Una cabeza de sierpe
           prensada
      con un ladrillo
      autómata
          denota persuasión.

La única realidad de lo imposible
es el juego en el que se sostiene
que ninguna cosa es real o irreal
y que solamente el azar salva los límites
de lo lleno en lo vacío
      y viceversa.

Mademoiselle Cosette

Si no fuera porque son imperceptibles
las uñas enterradas en la carne de Cosette
niña con espejuelos y barbilla de trapo
que juega a ser princesa con sus trenzas
                                        de oro
y su vestido gris con flores blancas
                    y unicornio.

La pobre niña huérfana
            ha crecido
y ahora es más hermosa
            que la torre Eifel.

Jean Valjean
            su protector
                        su padre
traza con una tiza el linaje de las cabras
y el sol que la ha mirado
                    muere
y otro sol vuelve a la vida
con ganas de ser visto.

Cosette la niña que emergió del lodo
se ha casado para ser feliz
pero las trampas de los pinos
crecen más pronto
que una pradera ebria
entre los párpados.

La muñeca de trapo de la niña Cosette

Con su muñeca de trapo descosida y fea
Cosette juega a ser feliz
ante un espejo.

Sus hombros
sus pequeños hombros descubiertos
y sus nalgas pintadas en su vestido largo
atraen a los carteros picados de viruela.

Son felices a esta hora los almendros coléricos
y los perros barbados
de Montmartre.

Crecen en verano las venas de las puertas
y las nubes se amontonan sobre el río
por donde va la sangre de la golondrina
zigzagueando.

Durante toda la noche
los judíos
se frotan las narices
y comen cacahuates
y se pintan los labios
con vómito de araña.

Tienen debajo de la gorra un mordisco
de cobra africana
y penetran en las casas
de los pueblos enemigos

con honestas propuestas
de banqueros.

La muñeca de trapo de la niña Costte
se esconde detrás
de un maletín de cuero de cocodrilo.

Cuando los ruidos se distancian
de las paredes ultrajadas
la muñeca de trapo de la niña Cosette
abre una ventana para escupir afuera
y todo el barrio judío protesta
ante la ley.

Acoso

¿Es real la luna reflejada en la arena?

Real o irreal el cielo es una trampa
y la luna ávidamente su carnada.

Los hombres a los hombres acosan
con su vulgar sentido de humildad
                        engañosa.

Una brasa recorre los élitros del párpado.

La realidad es un negocio bárbaro
                   sonoro
entre rufianes de Inglaterra
      y Norteamérica.

En el acuoso juego del acoso
que en el ocaso acaso trama
             la sordidez abrupta
      de Dioniso
sólo es real lo que no existe.

IV

El ojo de pescado

Todo parece coincidir en dos hojuelas de cartón
que imagino concéntricas y alargaduchas
    y sin color ni aroma
    como la cáscara de arroz
    o el ojo de pescado.

Y es así
sin descripción alguna
como suelo explicar lo inexplicable
de la falta de voluntad
en la personita que juzga
con alguna razón misteriosa
a un hombre laborioso
y consciente
    y lo juzga tan mal
    que ya no puedo ni hablar
    ni estar callado.

¿Cómo puede uno hablar del vacío
                sin sentirlo
o hablar de la muerte sin morir
o de la vida sin haberla vivido?

El monarca de los cuentos rusos

La certeza de todo es lo que te aleja de todos
la certeza insensata de que todo
es pesadumbre y desarmonía
la certeza de que nadie te dará
lo que vales a cambio de que te
muestres por siempre receptivo
                              y domable.

¿Te acuerdas del monarca de los
                    cuentos rusos?

Él no pudo ni supo concebir la ambición
de alegría de su hermano menor
y cayó en una de esas trampas de frivolidad
que hoy se acomodan a los cuellos tiesos
que deambulan por toda la plaza.

El monarca de los cuentos rusos
se concentra en el punto amoratado
                    en su barbilla
              mientras juega al dominó
        en una cueva
con los hijos sin nombre
        de la diosa
              Perséfone.

Torso de Venus

Es real ese torso de Venus
que recupera los brazos
para abrazar
        mimosa
            a un puercoespín.

El puercoespín conserva
en estado gaseoso
el abrazo de la mazorca podrida.

El instante se humilla para proclamarse rey
de la unidad y del peligro.

Todo se agita en contra de una ley mayor
a las leyes de nuestro conocimiento de
la verdadera causa
deplorable como todas las leyes
        que se dictan para humillar
        a los otros
y por las cuales uno mismo
        es humillado
        y condenado.

La verdadera causa de los torsos de nieve
        no es la nieve
        sino la roja
        espiral del vino
        en nuestro vaso.

La Venus se acerca a la ventana
como una golondrina
que sueña un hipogrifo
y la nieve
inquieta nieve pánfila
       dichosa
contagia su ardor
y su blancura.

Los niños turcos

También los niños turcos
　　　　　　en piyama
tienen las cicatrices de los árboles
　　　　　　viejos.

En Santo Domingo se queman los cimientos
de las últimas llagas peregrinas
y no se sueña una astilla de sol cada mañana.

No hay regreso que torture
los límites de la desesperación.

También los niños turcos
con muletas hidráulicas
y los niños antillanos
con resina en la garganta
se pegan a los huecos
que abultan las paredes
y sus muelas en llamas dando forma a este grito
aprenden lentamente la perenne rebelión
del bogavante.

También los niños turcos tienen padres franceses
y una madre educada y un ángel que los cuida
de las bombas atómicas.

Una voz medio apagada

Una voz en pedazos construye una ventana.
Una voz en pedazos reconstruye el azar.

Es mi voz que se traiciona siempre
con el mismo desorden
del viajero.

Es mi voz desempolvada y ronca
pardusca
      lenta
      macilenta
y la ciudad que vuelve
de la orilla del rocío.

Es mi voz que se rompe
y sigue entera.

Son también las voces de los otros
      circularmente
      cóncavas
      y lúcidas
y son el pedernal
      y la guadaña
y son los ojos tensos del coyote
y las flores de artificio que decoran
el sombrero de paja de Afrodita.

Yo estoy callado
aquí

en mi cama
sintiendo
lo que piensan
los hombres
y los dioses
a esta hora.

Cera

Hay un olor a uva en cada
                 piedra desplomada
y un cementerio palpitante en la sonrisa
                 usurpadora
del vendedor de calamares
o de los navegantes perdidos
en el destello
de un cabello
o de los banqueros que quieren
hacer de cada hombre
un trozo de su propia
corbata.

Hay eso que se encoge
         y eso que se expande
y ambas cosas pueden
         medir nuestra existencia.
En la expansión del instante
         el círculo se cierra.
Y acaban siempre marginando su estribillo
         la cera de los labios
         la cera de los ojos
         la cera de la voz
acerando sus puntos de excepción
         y contingencia.

Dibujo de un mamut

Hay cosas que tienen como espejo
una grieta en el centro.
Hay orillas que no tienen
lugar en la distancia
      orillas aleatorias
      a través de las cuales
los barcos permanecen
atentos al desplome
y aunque se pierde en la memoria
la caricia de la madre ultimada
hay algo del mamut
que destierra al binóculo.

Anonimia

Hay cientos de miles de océanos
parecidos a la piel de la hiena
mas el brumoso ojo de la tortuga
desabrocha el caparazón de su enemigo.

Los arroyos se desvían del arco de sofocación
como los maleficios de coral
de un estertor magnético.

Cuando una roja escama de absorción
se desliga de la cúpula de fuego
de los laberintos sentimentales
los poetas siguen una sola linea
de ignominia lírica
o se detienen a medir sus gordos
pensamientos
de tal modo
que se resbala de sus labios
una baba perfectísima
                    translúcida
                            lunática
                                    perversa.

Hay tantas gotas de agua en un océano
que pelearse por una escama es vergonzoso.

Yo prefiero palabras inmortales
con las cuales defenderme
de mí mismo.

El corsario

Por los residuos de calor de nuestras
aprehensiones y desórdenes
intentamos huir del mal destino
que recome los bordes macilentos
      de la lengua

      del corsario.
Cuando está distraído
      es más temible
      el inocente
      colibrí apagavelas.

El corsario acomoda su cabeza
en un cajón dorado
para podarse la barba con las uñas
y percatarse de la cara pintada
de las niñas ebúrneas
que intercambian orquídeas
por fingidos orgasmos telepáticos.

Las palabras descuartizan nuestras sombras
reflejadas en los suelos de los baños eclécticos.

El corsario camina bajo el sol de las doce
hasta que sus huesos recobran sobriedad
y se mira las manos
y se toca un testículo
con esa ternura avasallante que rodea lo intacto
se arremolina en el fondo de su hamaca
y se deja invadir por las hormigas.

Las inquietantes profecías del volcán

En mi mente
        a veces
no sucede nada.
Se nublan desiguales partículas
de vidrio en mi garganta
materia de alguna pesadilla
           perniciosa
                o leve.
Un agujero del cielo en la plantilla del zapato
rodeando con su luz la órbita del suelo
donde se teje un fragmento de soledad
                    indefectible.
Algunas luces en mi mente
se doblan como arañas.
Mis palabras destejidas
mis huérfanas palabras
        soñadas por la muerte
desordenan y armonizan
las inquietantes profecías del volcán.

Celebra el optimista

Por el ceniciento cielo de la ola
despótica planicie la armadura
entre guijarros y lunas por mondar
va quebrándose la voz que no
cede al pesimismo cerbatana.
     Nada
     ni siquiera el instante
     ni la dicha por oscura
     ni por amplia claridad
          juega
          rueda
      se acelera
y ya todo acontece en el cielo de la ola
y el pecho que ha de recibir el dardo
     en la laguna
        se empinan
           fosforecen
        yunque
         y ancla
y alguna nueva trayectoria secular
hiende o extermina
     simulando vidriosas manchas de sudor
el optimista reduce a sedimento lateral
a escombro rutinario y rutilante
la ola que es un cielo indecoroso
     supersticioso
     grave
     hondísimo
        con el cero lacera la cera

sedicioso marfil
del vino.

V

Buda

Quemadas por un exquisito lirio tácito
tus aureolas se funden fidedignas
y caducan de minuto a minuto sin perder
condensación
          o albura.

Sin embargo está sujeto a formas intangibles
el brujo flujo gris de la existencia
y se anillan a sus discos de tungsteno
dando luz a las palabras por venir.

Se encoge brevemente el precipicio del instante
sin ser jamás domados los ejes de control
que empujan nuestras sombras
hacia el discreto centro del mandala.

Transparente ubicuidad amnésica
se asombra y no mi sombra ante
la umbría somnolencia oblicua
          y la calambre
          urdiendo cicatrices
          y corales.

Mi cuerpo se ensombrece
con su sombra
y se vacía
dando luz a mi sombrero
y repitiendo las calles
con pisadas que no son

mientras la calle por el valle bulle
y buda con mi sombra
se ilumina
y calla.

Convicción y paradigma

Se llama hechizo y paranoia
                      albura
            sinrazón
        o niebla
a este oleaje perdido entre reflejos diamantinos.
A los que callan y se alegran del mal tiempo
                  dale siempre la razón
        y un epitafio.
La hembra del somnífero me llama
con un destello de aromados lotos
que hacen sangrar los cielos falsos
                      y yo cedo al desenlace
            convicción
        y paradigma.
                  Me aprisiona
y se aprisiona sin querer
                  en un cartucho.
No sé si es demasiado este ir y venir
            del huerto
                      al huerto
        sin pisar la hierba.
Sólo sé que es contagioso el mundo
            y que nos duele
            a veces
        despertar.

Un cuerpo tan delgado y tan etéreo

Como lámpara de aceite en el umbral vacío
se sostiene sola mi bruma parpadeante
en ese limbo donde estaba el mundo
y tan humilde mi existencia salvaje
a dos metros del suelo
como un buda
elevado al punto máximo
       de su extinción
       armónica
       inmutable
       yo
si hay un yo que pueda irse
en hombros de sí mismo
       o extenderse
       y quemarse en el salitre
       de los soles distantes
       camino con mis pies descalzos
       contento de saber
       que el suelo todavía
puede sostener un cuerpo
       tan delgado
          y tan etéreo.

Pequeño círculo del vaso y la memoria

En un frasco vacío luminoso y candente
      guardo mi corazón en un periódico
      sin letras
      y guardo un caracol con alfileres negros
y una promesa del sándalo cortado
pureza inalterable que habita
      en la materia
unido y desunido y sin destino
en la brisa que no sabe medir su propia
      transparencia
invoco cierta fuerza contraria
      a mi organismo
como un loto cerrado
me despojo de todo argumento
      y de toda ansiedad
ante mi propia similitud dormida
sobre las plantaciones de arroz
sobre las aguas lentas que ondulan levemente
toda lumbre coloniza solubles vendavales
y concierta almáciga elección
      contra la duración
      y la cesación
      contra el pequeño círculo
      del vaso
      y la memoria.

Contraste

Surge una voz y se prolonga
una luz irresistible que se disfraza
de esa voz fibrosa de los filos
del nombre.

Con pálidos paraguas de sorda piel tostada
acude a mi llamado el dios vencido
por la luz que mana de mi herida.

Y esa lluvia instantánea de los martes
y el eco de cada silogismo en mi mantel
vertido en polvo y pluma
porque es la angustia recortada y pulida
una palabra que destila cansancio
una palabra que no te dice nada
y sin embargo...

Esto que sólo yo te he dado
mundo ¿se lo traga el hastío?
¿se lo lleva la muerte destronada?
¿permanece distante de sí
cercano a sí
el no enjaulado no
de todo sí?

Lapislázuli

El lapislázuli cubierto de cera cristalina
como el ojo-colmena diluyendo el azar
como el ojo-sedimento de lava
recién vertida en el frasco de mariposas
que se fugan.

Las mariposas recobran
el grandor imposible
de las cosas imaginarias
que no sabemos
hasta qué punto coinciden
en dejarnos su firme voluntad
de hilvanar mundos...

y cuyas alas se vuelven tan pesadas
como nuestras vidas
que creemos tan llenas de todo
como la paja que rellena nuestro asiento
nuestro confort ultra dimensional
y nuestras risas que son la piel
agusanada de nuestro yo real.

Los clones de la virgen

La brevedad del cielo
del que se desprenden
como lentos rayos
rudimentos de abeja degollada
la rancia cayena
diseminando el orden
como pequeños bloques de aire
donde ya no hay aire
la sed larvaria de nuestra extraña
ridícula ascendencia
de hombres-cadalsos
hombres-cangrejos desecados
hombres-víboras con ansias de ser paja
hombres mitad hiena mitad vómito
mitad escalofrío mitad fiebre.
Todo es del control
de una súper-mente
que no sabe sino medir
y afincarse más allá
de su propio terreno
ávida y vigilante
como una mosca
de veinte mil patas
que todo lo asfixia con rozarlo.

Una corona

Un trozo de tela
colgando de un palito
en el aire
es más caro al hombre-cabeza-de-asno
que una sola palabra de honor.

El hombre-silueta-de-simio
silueta enroscada al humo
y al vapor
metamorfosis de su propia
súper-dinastía
que llama sigilosa hipótesis
de nervios-de-ojos-de-verdugo nuclear
y gases que atraviesan una hoja
recién cortada al huevo de la lámpara.

Rojo aplauso vertical
que ajusta en las cabezas
una sierpe
una corona.

La desconfiguración de la luz

Se va del árbol
su follaje agreste
y de la voz su hondura cautelosa
y del ahogado
en su propia coraza maloliente
se van desfiguradas hormiguitas.

Se va la luz
      de una vela
      en su velero
astilla de los huesos
      para siempre.

A las cuerdas del arpa

Se tiene por deseo de
la zozobra una especie de pánico
a las cuerdas del arpa.

Alguien del otro lado
pide ayuda
también yo pido morir
bajo la lluvia en Montreal

con la cabeza en blanco
y la garganta en blanco
sosteniendo mi mano
en la baranda que yo imagino
aquí

en este hueco
de la realidad
cosido al pecho
con una cinta roja de Antonin Artaud
y unos versos terribles
nunca escritos.

En una aldea en mi país

Con la pureza en graduales
alcoholes de cemento
escribo: ni vivo ni muero
estoy en una aldea en mi país
donde nadie sabe quien soy
ni yo tampoco.

Aquí
bajo este árbol murió
del *vedrinismo* Vigil Díaz
con su bastón de París
y sus corbatas de oxígeno
y de anhelo
y sus palabras entrelazadas
a las hojas del almendro imaginario
que yo como epitafio disemino.

La mariposa
en el pulgar de Kurosawa
desaparece
y alguien asegura haberla visto
aquí donde se cierra el silencio.

Los hombres en la guerra

Los pulmones colgando de los parabrisas
los endebles pulmones vengativos
y el brote maligno de la ola en la bilis
y el mercurio que baja de la oreja
como una nota enferma de su piano
y los símbolos que tardan veinte años
en convertirse en alguna cosa de la realidad
y todos en sus rápidos paracaídas de rescate
no fueron rescatados
por sus sombras.

El gran milagro del mundo

Guardados en una cajita milagrosa
con perlas y cantos japoneses
y dragones en la punta de la lengua de jade
(también lo escribe Vladimir Holan
sobre una aorta)
están (de nuevo los plurales)
una coma y sus diez adjetivos
un silencio tan diáfano: la muerte.

El movimiento de la mano
conteniendo los dados
que arroja Mallarmé
sobre el ojo abierto del ahogado
que finge ser espuma
y es piedra molida
que brota de sus labios.

La muerte

No es necesario
que te acuerdes ahora
de algo tan tonto
como esto
que sólo hace llorar.

Esto que me impide ser
la parte activa
de todas las cosas.

Esto que nadie puede reclamar
como propio sin morir.

Esto es un canto liso y verde
un canto tosco y negro
como piedra que perdió su brillo.

Lo demás cobra forma
muy leve ante el robusto
aroma de los árboles.

La desgracia ajena

Vivimos con la certeza de que allí,
adonde vamos, ya nadie nos espera
con la bondad de siempre.

Tú puedes hacer de la desgracia
del otro tu propia desgracia:
basta con invertir los papeles
y cambiar de vida.

Todo viene a ti para despojarte
de tu propia verdad
y no siempre te deja algo mejor.

Esto que hace enrojecer tus párpados
y que tanto desaliento te traerá después,
apártalo.
Tu instinto y tu conciencia
no te engañan.

El vacío de todas las almas

Es el momento en que decides irte
del lugar al que posiblemente llegaste
con retraso

y te ves cada vez al revés
como el pez sin escama
o la sed escamada y el péndulo
en la botella,

cuya superficie no hace sino alargar
la desemejanza de un rostro, de un paisaje
demasiado abultado

y luego que todo ha quedado
en alguna otra parte,
sientes el mismo vacío de las almas
que te iluminan.

Las cosas importantes

Te he dicho que callo demasiado
porque temo perder el hilo
de lo que estoy pensando

en el momento en que me quedo callado
para luego decir que era lo mismo
esto que puede ser dicho de tantas
maneras caprichosas
o simplemente quedarse así
flotando en las cabezas como
un instrumento intramental
como un alivio...

Que te apartes de todo aquello
que es bullicio y certeza
para que puedas intimar
con las cosas que de veras
te importan...

La desesperación

El camino está bloqueado
por los pasos del prójimo
y ahora no sabes regresar
a tu punto primario.

No es necesario que se cumpla tu palabra
en virtud de la desesperación de todas las
vidas que vives o has vivido en este único
instante que es ya el último...

Que no se cumpla tu palabra o la mía
¿a quién puede importar tanta ilusión?

Si tu silencio ya se cumplió antes
¿para qué poner tanto en tan poco?

Pauta

Decides no estar en el lugar donde
estás para estar donde no estás
y así volverte necesario para aquellos
que coinciden en ser una pauta
para sí mismos, y una pauta para
los demás,
y todo lo ven tan limitado
aunque sobre lugar para cientos de cosas
que no pueden ser medidas por sus sombras
en las gavetas.

Ni corteza de cielo ni bombilla explotada

La corteza de una mirada que se prolonga
en la corteza del beso que se encoge en
la razón de lo que es o quiere ser corteza
de la razón soluble para que se distancie
el crecimiento de lo presentido que se dice
plural y es singular y se sabe que ya no es
ni singular ni plural ni vendaval ni cauce
ni corteza de cielo ni bombilla explotada...

El cordón negro que atraviesa la bombilla

La desfiguración
que configura un manto de rosas
para la audacia del cordón negro
que atraviesa la bombilla
y esta parte que viene
de tu vida a la mía
haciéndose compacta
es lo que importa a los espectros.

La configuración
de todo intento de cordura
bajo la gran fiesta
de la devoción inmaculada
de los monos cabezudos
que repiten una frase aprendida
en la ciudad
se comprime como latas vacías
cuando desnuda
me enseñas que hay un mundo
que a nadie pertenece
pero que podemos iluminar
tocando el aire gris
o el suelo escindido.

La zorra piadosa

El algodón con el que se sostiene
una pústula roja
pústula roja de lengua de marfil
lengua de ojos de culebra
como carpa de circo
y monitos pintados
al dorso del arco-iris

el algodón es blanco y liso
como una culebra sin ojos

las últimas llamaradas
dejaron huevitos de camaleón
sobre la playa desierta

los monitos pintados
en cada huevo
son blancos y azules

es de color de paja
la zorra piadosa
vuela como un acordeón
su sombra frágil
se viste de pez
la lluvia está cayendo todavía
en el vasito de cristal

se ha reducido tan temprano
se ha desplegado

como las alas sin color
del avestruz

esos lugares incomparables
que alguna vez quisimos
se desvanecen

se desvanecen las piedras
y los hombres

la zorra se tiende bajo mi cama
tiembla como un acordeón.

VI

La vigilia de todas las islas

Con huraños fermentos de algas
y risas volubles que tejen un vuelo
irisado

espejismo de avaro trastorno
del juego de ser una espora
en la brizna que ampara el cuidado
reflejo de un algo

vemos que sólo perdura la luz
o lo intacto.

La luna se oculta en los granos de arena
y reviste la seda y el temple
de un rostro marchito surgido del aire
de tantos planetas aislados

por los pozos rojizos de sal
y el oro que salva una selva
y un muro incrustado en la
sed del molino de pronta epidemia...

un anillo que pierde redondez
una libélula que empieza a derretirse
un grito que quiere ser aldaba
y muchedumbre
un esbozo de algo que no sabemos
su lugar en la tierra.

No importa sino la alegría
de un solo momento
en la vida de los escarabajos
que se demoran
en la construcción de la vigilia
de todas las islas sedimentadas.

Yo soy el vagabundo

Voy ardiendo y cantando
mi dolor sin acordes
sin hechos que me expliquen
o cifren o aprisionen
sin recuerdos de mí
volcado en mi decir.
Y voy por las raíces
de los vientos extintos
con una gasa de arcilla
en los pulmones
y un enternecimiento
de oruga venenosa
en cada ojo demolido.

Subo desde el fondo
de mi propia altura
a ponerle un semblante
a mi semblante oscuro
y una doble armadura
a los presentimientos
y una sutil interrogante
a los que succionan mi sonrisa
y elaboran mis pánicos
con ramitas de escoria.

¿Quién pone sus relojes
a enredar mis horas
en el último amparo
que se fuga?

Invento una caída

Caigo y me reduzco a pozo seco
a nieve amontonada
a tubo por el que baja ardiendo
toda la podredumbre humana.

Bajo como quien sube
de las pesadillas del otro
y se percibe obtuso
y escleroso
y desmedido
como una puerta estrecha
que nos obliga a reducir
nuestro tamaño

pero una vez atravesada
la puerta toma forma
de almendro polvorizado
cuyas hojas se rebosan
de lumbre y metafísica.

La gema falsa

He visto que me arrancan los ojos
con un rudimentario oleaje de palomas
y los ponen en una cajita de sonido
para que yo domestique a las hormigas
que exorcizan mis gritos y mis sueños.

Ellos tan distraídos en sus artes
de purificación momentánea
escarban en mi pecho con sus pinzas
doradas hasta encontrar la gema
que los hace alucinar.

Las aventuras caprichosas

He visto que las nubes
se disfrazan de túneles
tan largos
túneles que se atraviesan
a si mismos en invierno
destejiendo los arroyos
sin ruido de las venas.

He ido amontonando
los huesos perfumados
de las niñas que se muerden
los labios con lascivia
en un tren que descarrila
bajo las alfombras
de los hospitales.

He recorrido solo
las calles trashumantes
de Londres
las calles asfixiantes
de Manhattan
las calles de Moscú c
on sus mujeres altas
y sus perros de yodo sempiterno
que esconden entre sus patas
residuos virginales
de camaleón
uñas falsas y cabellos de quinina
un verso de Mayakovsky

en un papel doblado
y una estatua de Lenin ya deshecha
girando en la ventisca

las calles de París llenas
de ciegos y de alondras mecánicas
anchas y exóticas
sin aire verdadero
en las que todos sienten
una repugnancia necesaria
y te lo dicen
te repiten lo mismo veinte veces
hasta que se te olvidan los versos de Villon
las obnubiladas calles en forma de botella
que ahora me recorren bajo las horas frías
de esta calle de disección.

Escarcha melodía

La muerte empieza allí
donde termina de doblar
sus cuatro lágrimas el polvo

o en las voces de polilla
y de escarcha
que nos dejan sus clavos
de azúcar magullados
entre los tímpanos.

Adormecidos por el canto
de las agujas
a las que ensartamos
nuestras glorias fallidas
nuestros pañuelos ondulantes
como armaduras perfumadas:
los trenes al pasar
se encogen
de mis hombros.

Visión del transeúnte

Yo me quedo esperando
entre dos sótanos la nieve
aunque la nieve duele menos
cuando no se le espera.

Yo me desangro por las calles
desde los mil transeúntes
que me desconocen
los transeúntes de una
ausencia infinita
en mi persona.

No he de crecer dos centímetros
de mi tamaño original
para que se complazcan en ver
la dimensión de un alma que no cabe
en sí misma de tan chica.

El monstruo de mí que son los otros
y tal vez el monstruo de los otros que
yo he sido tan sólo para mí.

¿...y esto es el destino
de todo lo humano?

Lente magnético

Se agrandan como en los sueños
de los muertos las casas sin puertas
colgadas de sus propios muros
sofocados.

Se agrandan los espejos caníbales del aire
que envuelve una franela desligada
del polvo de los astros

y aunque suda y se retuerce y busca
equilibrarse en nada
el hombre está atrapado en la red
de sus pasos.

Puerta del odio

Los que arrancan sutilmente mis
élitros y borran mis sueños
y perforan mis turbias camisas
con brasas y cuchillos
los que odian mi
único dilema para el polvo
y la alegría que cedo
al vagabundo
los que ponen mis ojos
bajo sus almohadas
como un incendio súbito
pequeño

rodean como el monte
una mínima flor
que vibra o se renueva
con el sol de lo extraño.

Limbos imaginarios

Los tiernos alacranes que habitan
en el hueco de todos los muros
y de todos los pechos que son aire
lo mismo que esos globos de la imaginación
que contienen una parte del cielo
en el nudillo de las cabezas bermejas
se dispersan con tan liviana soltura
como si cada cosa flotara por su cuenta
en el interior de una misma burbuja:
un solo desenfado de las ponzoñas
y cada cosa en la burbuja o en el globo
que refleja un pedazo del cielo se
desploma y se desploman otros mundos
que sólo estaban en la imaginación.

La capa de hielo

La luz transforma el aire
y le da vida
el mar trasforma el cielo
en otro mar sin olas.

Son cárceles el aire
                la ciudad
los nombres y las cifras
      y los cuerpos.

Puerta de escape

Vemos en cada puerta una fuga
y en cada fuga un des-nacer
una degradación que no coincide
con el crecimiento de las uñas
o de los árboles.

Y pensamos que la muerte está
tan sólo allí
en lo que vemos
y no en lo que pensamos
de la muerte.

¿Qué vemos en el agua
sino el polvo acumulado
en la superficie de los temores
ondulantes?

Una puerta se abre
mil espejos se rompen.

Una puerta nos deja al dorso de sí misma
y al dorso de los otros encerrados
en una herida que se ahonda
cuando llueve.

Una puerta para escapar de aquello
que nos persigue y tortura
con un embudo de fiebre
y un alfiler en llamas

y la gangrena de los pájaros
como un zumbido largo entre las venas
porque los pájaros fabrican la tristeza
del mundo.

Los pájaros son puentes de ceniza.

Una puerta se abre hacia los huesillos
de su propia ofuscación.

Huimos sin saber que la huida
es desde el Otro hacia ese otro
que jamás veremos sino con insistente
neurastenia.

Vemos crecer la ciudad
en los páramos del ojo
y vemos en cada pliegue de la máscara
el rostro que la esconde.

Y el mar llena sus huesos de feroces
libélulas enfermas y arde y muere
y se agusana como un jardín de pasos
en la noche colmada de hipocampos
y de gritos.

New York, 1996

Mientras espero el tren en Montreal

Mientras espero el tren en Montreal
con el desdén de los trajes
de bello colorido
y la erizada sensación
de volar o de ser
herrumbre y caminata
a solas.

Todos se miran tan distintos
tan extrañamente desiguales
y se buscan bajo el polvo
de los zapatos
como en un espejo
como en la grieta
de todas las fugas.

Abren mis venas
los ávidos buitres
de la melancolía
y pasan las agujas
el alcohol de sus sedas.

Índice

I

II

III

IV

V

VI

Colofón

Esta tercera edición de *La vigilia
de todas las islas*, de
José Alejandro Peña, se
terminó de imprimir en
febrero de 2021 en los
Estados Unidos de América.

a l m a v a . n e t
almavaeditores@gmail.com